MATHURA CRIME

VIGOUR DEATH

SUMEET KUMAR

Made with ♥ on the Notion Press Platform
www.notionpress.com

Enter Caption

SUMEET KUMAR , A adult who experinces many phases of life , a well known writer and a writer of new era .In reality he is a writer as well as ,singer ,poeter ,shayr ,quote writer ,lyric writer and and a performer well as anchor or standup comedian.Very exicting and intresting fact about him is that he is author of new era i.e. He starts his journey of writing at the age when he was going to schools to get the study .His streak of 200 books will be the great achievment for him in future ,His some famous works i.e Maturity of love (genre _Love) Privacy of dream (Genre

-LIFE STYLE OF MIDDLE CLASS).
YOU CAN BUY MY BOOKS NOTION PRESS ,ABE BOOKS ,IMUSIC IN ,FLIPKART ,AMAZON ,KINDLE ,INSTANT READ LIKE EBOOK ,KINDLE ,GOOGLE ,INTERNATIONAL SITES AND MANY MORE .

PODCASTER ON SPOTIFY :@BROKEN HEART

INSTA ID : BOOKHUB92

GMAIL: sumitkumar 88234

LINKEDIAN : SUMEET KUMAR

.

Contents

PREFACE

Kuch haadse hamari zindagi mein vo lamhe aate hai jinke baare mein ham kabhi soch bhi nahi sakte ,aur vo khete hai na ki zindagi jo kuch bhi hota hai aache ke liye hota hai ,aur kahi na kahi mujhe iske fidrat aajkal ek haqqeqat lagne lagi hai ,kyunki aesaas seh hee toh zindagi bakki toh sirf ek khwab hai jo har ush chandni raat mein dekhte hai aur subha hote hee uski yaadeion hamse durr bhi hoti hai ,ye sirf ek kahani hai ek sachai hai zindagi ki ....

Acknowledgements

Enter Caption

SUMEET KUMAR , A adult who experinces many phases of life , a well known writer and a writer of new era .In reality he is a writer as well as ,singer ,poeter ,shayr ,quote writer ,lyric writer and and a performer well as anchor or standup comedian.Very exicting and intresting fact about him is that he is author of new era i.e. He starts his journey of writing at the age when he was going to schools to get the study .His streak of 200 books will be the great achievment for him in future ,His some famous works i.e Maturity of love (genre _Love) Privacy of dream (Genre -LIFE STYLE OF MIDDLE CLASS).
YOU CAN BUY MY BOOKS NOTION PRESS ,ABE BOOKS

,IMUSIC IN ,FLIPKART ,AMAZON ,KINDLE ,INSTANT READ LIKE EBOOK ,KINDLE ,GOOGLE ,INTERNATIONAL SITES AND MANY MORE .

PODCASTER ON SPOTIFY :@BROKEN HEART

INSTA ID : BOOKHUB92

GMAIL: sumitkumar 88234

LINKEDIAN : SUMEET KUMAR

.

I

ARMS BEAT

Zindagi mein agar chemistry sath na ho toh physics ki parivasha bilkul samajh nahi aata ,aajkal logo ke pyar bhi kuch ishi tarah ke hote jinme chemistry bilkul zero hoti hai aur physics pie ke barabaar ,matlab jo kehne ja raha hun vo aaj keh bhi bhi paynga yeh nahi ye mein nahi janta ,par jo samjhana cahta hun vo zaroor samjhyunga ,pyar kishi kii zindagi nahi hoti par zindagi pyar ho sakti hai ,matlab ham aaj kal kaishe vaade karne lage hai ki mein tumhare beena ji nahi sakta ,mere saaseion tumhare beena bilkul chloroform ki tarah ho jati hai jishe mahasoosh kar ke mein hamesha naseh mein hote hai ,kya sach mein ye lines bhi aaj kam kart hai kishi par ,khair mein bhi aap sab ko pyar ke vaare mein gyan dene nahi aaya hun ,mein toh bas apni baat rakhne aaya hun jo bahut din seh mere di ke andar overspace lekar baithi hai aur agar maine ishe sahi samay par agar jahir nahi kiya toh mere memory loss bhi sakti hai ,par usse kuch aur baateion hai jo aap sab seh share karna cahhta hun ,pegli baat ye ki mein insaan hun jishe sirf pyaar ki baateion samajh mein aati hai nafrat ki nahi ,kyunki khud aur hamare uparvale jo log hai unka bhi yehi manna hai ki ,prem seh har jung jeeti jaati hai ,par mein ye nahi manta aur vo ishliye nahi manta kyunki maine aaj tak aishi koi cheez ki hee nahi ,par mein apne khud aur apne uparvale baghvaan ki baateion taal bilkul nahi sakta ,kyunki hamne unhe nahi banaya balki unhone hame banaya hai ,ye science ki baateion toh baad mein aayi jana usse pehle to hamare bagvaan aaye hai ,ish duniya mein ham gujarish uski karte hai jo hamare naseeb mein kabhi likhi gayi hee nahi ,ham uski kyun nahi karte jo sach mein hamare naseeb mein maujood hai ,mein bas itna kehna cahhta hun ki zindagi jeene mein aur ishe mahasoosh karne mein bahut anatr hai ,nahi toh aap khud hee soch lo ki jo ma ki mamta samne dekhne ke milti vhi kishi dusre desh mein agar ham ja kar bas jaye toh ham unki surat har subah kaishe dekh payege ,ye unki mamta kaiseh mahasoosh kar payege ,aur iske toh kayi saare proof bhi hai ,pehle toh ye ki ham jab bhi unse do rotiyan mangte hai vo hame chaar lakar deti aur dusri ye ki ham kahi bhi kyun na rahe vo hamesha yehi saval karti hai ki khaya ye nahi ,mein apni har daadatn mein apne ant ke baare mein likhta hun par aaj tak ush safar mein maien mahasoosh hee nahi kiya ,meri zindagi ko mein aage lekar chal sakta iske sakta hun iske sath aage badh sakta hun par ye meri kaha hai ?mujhe toh nahi lagta ki ye meri hai ?kyunki jaha tak maine ishe mahasoosh ye mujhe aaj bhi utni hee parayi lagti hai jitni kal thi ,khair ye baateion bhi ush safar ki tarah hai jishe aaj bhi mahasoosh karne seh koi fyada nahi hai phir bhi ishe mahasoosh karna cahhta hun kyunki ye meri taqdeer hai jishe mein kabhi mita nahi sakta aur na hee kabhi khud seh durr kar sakta hun kyunki mein janta hun ki sirf mujseh balki mein bhi isse juda hun ,log aaj kal lamho ki behad baateion unme kuch aache hote hai toh kuch purane bhi aur kuch burre bhi ,par lamhe ko ham kab se baatne lage ,aachi cheez har kishi ko pyari hai par baat agar burri cheezo ki ki jaye toh log ushe kuch khaas kya ?pasand hee nahi karte ,aur iski wajah har ek insaan janta hai ki kyun nahi karte aur iski kya wajah hai ,phi bhi kuch baateion hai jo har kishi ko aaj jahir karna cahhta hun aur khud seh ladna bhi cahhta hun ki meri zindagi kishi ke halat seh judi nahi hai , na hee ye kishi ki gulam hai .mein jo likh hun vo mere khud ke alfaaz hai jo kabhi kishi ke samne haare nahi aur na hee kabhi kiski ke samne apni wajah batayi hai ,aaj mein unke baare mein baateion toh karta hun jo mere apne nahi thhe par kya karu ?kuch haalat aishe bhi hai jo har kishi ko bata nahi ,ye plotting aur playing ,yeh mind games mere bas ki baat nahi hai kyunki mein jab bhi unhe taqleef dene jaata hun toh ush waqt mein khud ko hee zyada taqleef pauchata hun ,log mujhe bhale hee bura boe par mein unki ijjat tab bhi karta hun ,tab bhi unhe pyar karte hun,unke baare mein sochta hun ,unki baateion karta hun unse milne ke tadpata hun ,par aaj tak mein yeh nahi jaan paya ki mein aisha kyun karta hun ,log physically agar hurt karte hai toh chalta par jab baat menta situation ki aaj jaye toh kar hee nahi pata ,matlab aishi baat nahi hai ki mein kamjoor hun ye mein khud ke halat samahal nahi sakta ,par hota hee nahi kitna bhi kosis kyun na karu ,harr jata hun har baar khud seh ,khud ke bewaqt vaado seh ,kyunki vo pehle jaishe aab hai hee nahi toh unke baare mein kya hee baateion karu ?

II

LOSS OF SUSPENSE

Log puchte hai mujseh ki tumne kya khoya hai ?aur mein has kar unhe ush waqt yehi bolta ki maine khud ka pata khoya hai ,kya tum mere haalat ke baare mein kya tum mujhe meri mehfil tak paucha sakte ho ?meri har vo dard bhari gujari shammeion kya tum lauta sakte ho ?fil ke characters bhale hee kitne bhi filmy kyun na ho par unki baateion bhi kahi na kishi haqqeqat seh judi hoti hai ,ish duniya mein kuch bhi normal nahi hai ,na yeha ke log na unki baateion aur na hee unke haalat ,sab alag hai aur behad alag hai ,agar ham ushe mahasoosh bhi karna cahhe toh kabhi kar nahi sakte kyunki ham jante hai ki hamari zindagi isse behad alag hai ,jo maine ateet mein khoya mein uski baateion karna hee nahi cahhta ,kyunki mein janta hun ki meri har ek dua mujhe mere bhavishya ki taraf lekar jaygei na ki mere ateet ki tarah mujhye aur tadpayegi ,pyar hee ek sabd thodi hai ish duniya mein jo apko taqleef ki har vo barsaat dikhaye jike boond seh api yaadeion aapko aur tadpayegi ,ish duniya mein gam ki har wajah shammil hai par khushyion ki kii saugat nahi hai ,aur iski bhi ek wajah hai jo hamari zindagi seh behad durr hai ,aur hamare halat seh bhi par kya kare zindagi hai toh jeene ki fidrat marr toh nahi sakte na japanah .

mein apni ish kahani ko ishliye likh raha hun kyunki mein janta hun ki agar mere safar ki khairat khatam ho gayi toh apni zindagi ki beete baateion kaishe batayunga ,kuch fasle hai toh kya hua zindagi mein ,kabhi na kabhi toh hamari tabusaam bhi toh shammil hongi hamari mehfil mein ,maine kabhi harr nahi apni zindagi mein par mein ush din harr gaya jish din maine khud ke wajood ko kho diya tha vo bhi kuch chand lamho ke liye ,par vo chand lamhe bhi kuch aiseh thhe jinhe mein agar bhul bhi jayun na toh sayad khud seh unhe kabhi durr karne ki kosis nahi kar sakta ,meri zindagi ki har vo khushyian jishe mein aaj mahasoosh vo meri apni hai hee nahi ,vo toh unki hai jo yaadeion ko sath mere andar bashe hai par mein unki taalash mein khud ko mita nahi sakta ,mein rishte nibhane mein thoda kamjoor hun toh kya hua ?maine unhi itni mohabatt di hai ki mein apne alfaazo mein unke baare mein jahir bhi nahi kar sakta ,khair vo kehte hai na ki kishi ki khairat mitate nahi hai ,kyunki jo unhhone mujhe diya hai ye jo khairat maine unhe saupi hai vo behad laga hai agar meri najariye seh dekhi jaye toh kyunki maine unhe vo diya jinki zaroorat unhe thi aur unhone mujhe vo diya hai jiski zaroorat mujhe kabhi thi hee ,vo kehta hai na ki paisho seh kabhi mohabatt nahi kharidi jaati,par ye baat bilkul sach nahi hai kyunki aajkal log apne jism tak ko beech dete hai jo kuch chand paisho ke liye toh ye mohabatt kish lamhe ki khairat hai .

III

DEAF WORDS

Kuch baateion jo maine kahi sayad kishi ko buri bhi lag sakti hai par vo kehte hai haqqeqat hamesha karvi hee hoti cahhe ham ishe apnaye yeh na apnaye ,maine jab apne rishte khoye jo mere hokar bhi mere kabhi thhe nahi toh mein kuch dino tak acchi tarah seh soy nahi paya ,kyunki mujhe aisha lagta tha ki vo meri wajah seh ye mere haalat aur mere gusse ki wajah seh durr hue hai ,par mein toh ye kabhi samjah hee nahi paaya ki vo mere wajah seh nahi balki khud ki wajah seh durr hue hai ,matlab jishe tarah ke rishte ki taalash unhe thi ye jish tarah ke insaan ko vo cahhte thhe vo mein kabhi bann he nahi paaya .

par ek saval mein un sab seh puchna cahhta hun ki akhir mein hee unki tarah kyun banu ,matlab mein khud ko badlun hee kyun ?

Waqt ki pechaan bhi alag tarah ki hoti hai ,jo inke rishte samaj jaata hai vo aage badh jaata hai ,aur jo inke rishte samajh nahi paata vo apne ateet mein hee fash kar reh jaata hai ,khair kishi aur seh kya sikayat karu mein toh khud ush ateet mein reh kar aaj bhi un yaadeion seh durr bhagne ki kosis karta hun jinse mujhe pehle mohabatt thi aur aaj nafrat hai ,ham apni fidrat har roj badalte hai aur unse durr jaane ki kosis bhi karte hai kyunki ham jante hai ki kahi na khai hum khud ke liye bhi theek nahi hai ,jish tarah ek insaan sharab barbaad karti hai ushi tarah seh mohabatt bhi hame barbaad karti hai fark bas itna hai ki sharab peene wat tak karvi lagti hai par jaishe hee vo gale seh hokar neeche gujarti hai vo dil aur dimaag ko thandak deti hai aur baat agar vhi par mohabatt ki kare toh suruyaat mein uske har ek hava sukoon deti hai par jaishe hee vo logo ko todti hai vo bhi itna mahroom kar ke ,ki ush waqt na toh daba kaam aati hai aur na hee dua ,meri kitni lambi umr hogi mein janta par mein itna zaroor janta hun ki agar waqt ke sath nahi chala toh rishto ke sath khud ke wajood ko bhi kho dunga ,khair mein khone seh bhi unhe bilkul nahi darta kyunki mein janta hun ki vo sirf kuch pal ke liye hee mere sath ,kyunki bakki ki zindagi toh mujhe akele hee katni hai ,aur ish tarah seh katni hai ki dil ko na khabar ho aur na hee dimaag safar kare ,mein vo pathar bann chuka hun jo khude ke hazar tukde kar ke bhi khud ko jodd sakta hai par aishi khawish itni jaldi muqammal bilkul nahi hoti ,iske liye bhi kayi saare haadse seh gujarne ke liye ek aishi mehfil chaiye jo pehle toh aabaad karegi aur baad mein barbaad .

IV

IMMORTAL MEMORIES OF CHILDHOOD

Kehte hai bachapn ki yaadeion sabse khaas hoti hai ,kyunki ush waqt maturtiy level ka kuch pata hee nahi hota ,matlab jiske alfaaz tak ko ham samajh nahi paate bhala uske baare mein baateion kaishe kare ? ush samay ki baateion jo jehan mein hoti hai vo purri tarah seh pure hoti hai aur amar bhi jishe na toh ham kishi negativity ke sath jodd sakte hai aur na hee ushe uske kareeb jaane par majboor kar sakte hai ,khair ye toh kuch alfaaz hai mere jo zindagi seh behad jude hai ,ham agar inhe ignore bhi karna cahhe toh sayad kabhi ignore na kar paaye ,mein apni zindagi mein kabhi nahi haara bhale hee mere samne kaishe bhi haalat kyun na ho ,par aishi baat bilkul nahi hai ki mein chandni raateion mein roya nahi hun ye khud ki beibasi ko sath lekar kishi ke dehlij par gaya nahi , maine vo sab kiya hai zindagi mein jiske baare mein log aab bhi sirf soch sakte hai tay nahi kar sakte ,meri zindagi ek baare mein sirf merin janta hun ki yeh kya hai ,yeh mein ishe kis tarah seh sambhal raha hun ,mere kitab ke har ek paane mein maine khud ki aisi talim likhi hai jo sirf mujseh suru hokar mujhper hee khatm hogi .

V

WAY OF SURVIVAL

Kuch raaste zindagi mein aishe bhi hote jinhe ham tay nahi karte ,mere kehne ka matlab hai ki duniya har kishi ki soch seh toh nahi chal sakti na ,par ham jo zindagi jeete hai jiske baare mein har din sochte hai ushe toh ham apne mann seh chala hee sakte hai ,samaj ki baateion behad alag hai , aur vo ishliye hai kyunki unki har ek khawish adhuri hai jishe khushyion ki mehfil seh bahut pehle hee rihae karne ki riwayat ho chuki hai ,agar hamari zindagi khushyion seh nahi bhari hai toh iska matlab ye toh nahi ki ham dusre ki barbaad karde ,life ki jo thesis mein aaj dene vala hun vo behad alag hai hamari normal life seh kyunki kuch khwaab aishe hote jinhe ham kishi ke samne jahir nahi kar sakte par jab vo purre hote hai na toh ush waqt jo zindagi ham jeete hai vo hamare badle koi aur ji sakta ,ish duniya mein kayi tarah ke log kuch gam ke badal mein dube hai toh kuch khushyion ki mehfil mein aab bhi barbaad hai ,aisha kisne kaha ki jinki zindagi mein khusyion ki mehfil hoti hai unke ghar mein gam ke badal nahi aate ,ish duniya mein ush uparvale ne hamare zindagi mein aishi balancing ki jishe ham cahh kar khud seh durr nahi kar sakte aur na hee ham unke khilaf ja sakte hai ,kyunki kismat ek baar banti hai kishi ki bhi hazar dafa nahi ,aajkal ke bacche apne parents seh bahut zyada except karte hai ki ye hame bahut acche seh padhaye ge ,hame mehngi cheeze dilayege ,aur hame jaate waqt bhi ek acchi shi life style saup kar jaye , aajkal duniya aishi ho chuki hai jisne hame janm diya hai ham ushe hee bhul jaate hai ,insaan ki faorg itni ho chuki ki vo khud ke rishte tak nahi pechanta ,aur mein ye baateion aishe hee nahi bol raha ,maine bhi ye mahasoosh kiya hai ishliye aaj apne lafzo ke sahare unke dard ko jahir kar raha hun ,kal ki hee baat hai jab mein mandir seh darshan kar ke aa raha tha ,toh maine mandir ke bahar hee ek aurat ko dekha jo lagbhag 50 saal ki hongi ,aur vo bakiyo ki tarah bheek nahi maang rahi hai ,vo unse ye keh rahi thi ki agar kishi ko ghar mein kaam karne vali ki kami hai toh vo mujhe ;lekar ja sakte hai kaam karane ke liye ,yeha tak unhone jab ye baateion kahi toh vo behad hass rahi thi ,maine unse jakar pucha bhi ki amma kya hua aap aishe halat mein ho ?matlab mere samne ushe waqt jo alfaaz thhe mein vo unhe keh bhi nahi sakta ,aur mein unhe agar ye baateion ghuma kar bhi puchta toh sayad unke javab ki nasle bhi kuch ishi tarah seh hoti hai ,waiseh toh log javab nahi dete en baateion par unhone bade pyar mujhe ye bola ki 'beta jab rishte hamse khelte hai toh ush waqt hamari kismat bhi hamse behad khelti hai ishliye waqt rehte unke sath raho jo tumhe nahi tumhari kismat ke sath ho "jo baateion unhone ne mujseh kahi mein ushe samajh hee nahi paaya ,kayi baar kosis bhi ki par kuch samajh nahi aaya ,maine unse iske baad kayi baar pucha bhi ki apko kuch chaiye mein apko lakar de dun ,uske baad unhone phir ushe roop mein haste hue mujseh ye kaha ki beta mein aaj itni ameer bann chuki hai ish khamosh mehfil mein ki mujhe paisho ki rishto ki zaroorat aur ish duniya mein paishe toh ham phir bhi kama lenge par vaphaadaar rishte apni mehfil mein kaha seh layege ,ush waqt mein unki khamoshi samajh chukta tha ,bhale hee unki baateion mein dil ke jajbaat seh behad alag thi par ush waqt ek haqqeqat thi ish din mein aur vo ye thi ki na cahhte hue bhi mere jehan unke alfaaz kaid seh ho gaye thhe ,mein ush waqt jahir nahi kar sakta ki mere aankheion mein jo aasyun unki har ek riwayat ush waqt sukh shi gayi thi ,vo nikalne ke naam hee nahi le rahe ,kosis toh thi ki unhe khud ke andar seh aazad kar dun par mjujhe ush waqt yeh bhi nahi pata tha ki mein unhe bahar nikalu kaishu ?

VI

THEATRE LIFE

Ish duniya mein kayi tarah ke raheshya hai par ham unper kabhi gaur nahi karte ,ham unpar gaur karte hai jo apne hai,ye jo un rishto seh jude hai jo kabhi ek waqt par apne thhe par apne lagte nahi ,unhi rishto ki badaulat kuch daastna hai jo likhne ja raha aur apne safar seh judi har ek daastan batane bhi ja raha hun toh apne seat ki peti bandh le , kyunki film kuch der mein hee suru hone vali hai .

VII

LORD KRISHNA BIRTH

MATHURA
VRINDAVAN (UTTAR PRADESH)
281121....

Mathura koi jagah nahi hai ,ye toh vo swarg hai jaha hamare natkhat lal sri krishna ne apne kadam rakhe ,yeha ki har bhumi aur mitti unke pavan pau ki chaap seh aaj bhi nirmal hai aur pavitra bhi ,jab bhi ham sri krishna ka naam lete hai toh ush waqt ma radha bhi unke naam ki pechaan hoti hai ,aur kehte hai jinki mohabatt sachhi hoti hai vo kabhi ek dusre seh durr nahi ja skate hai ,agar chhot ek ko lagti hai toh dard ke anubhav seh dusre ki bhu ruhh kaap jaati hai ,aajkal ke fimlo mein ham sirf unke prem ko batate hai ,par hame unke baare mein bilkul nahi jante hai ,sri krishna ki baat ki alag thi ,matlab bilku nirani vo lakhon mein nahi balki ish bramhand mein ek the ,unke roop ki har ek pechaan kishi na kishi matlab seh hee judi hai ,jab vo ram bane toh ma sitra ke liya aur jab vo shyam bane toh ma radha ke liye ,ek insaan ki sacchi mohabatt kabhi muqamaal nahi hoti ,bhale hee vo do jism ek jaan hee kyun na ho ,vo cahhte toh har kishi kaaya ki palat sakte hai par unhone apni zindagi ek ek shadhran insaan ki tarah hee kati hai ,meri zindagi mein aishi koi radha nahi par ha aaj bhi un gaaliyon mein jata hun jaha sri krishna ki prem kahani jivit hai ,khair mein apni pechaan toh batana bhul hee gaya ,waishe mere naam ki pechaan VISHU PATHAK hai ,kehte hai har naam ke peech ek pechaan adrishya rehti hai par mere naam ki peeche toh mere prabhu VISHNU hai ,mein sirf ek insaan hun ishliye apne prabhu ki baateion nahi karta hun kyunki mein janta hun ki agar mujhe unse prem hai toh mujhe kishi ke samne jahir karne ki zaroorat bilkul nahi hai ,khair mein peseh seh ek DOCTOR hun ,aur mein ye manta hun ki science ki har ek neeb hamne rakhi aur hamari neeb ush uparvale ne rakhi hai ,kuch log hai jo hamare ishvar ko nahi mante ,kyunki vo yeh sochte hai ki ish duniya mein jitni bhi cheeze hoti hai un sab ke peeche science ,par mein in cheezo mein bilku nahi manta ,kyunki jaha tak maine padhai ki hai vha tak mujhe toh yehi lagta hai ki hamare pass jo kuch bhi hai vo ush uparvale ki den hai ,isse pehle saval ki kayi ghantiyan apke dimaag mein baje ,usse phel he emein aap sab ko kuch jahir kar dena cahhta hun ,pehli baat ki newton ke first law padhai sab ne ki aur ham unke diye gaye thesis ko mante bhi hai ,par kya apne ye socha hai ki jisne newton ki thesie di hai vo bhi ek insaan hee hai aur insaan ko banaya kisne hai ?hamar ishvar ne ,toh jish cheez ki madad lekar ham apne dharm par saval utha rahe yeh apne ishvar par saval utha rahe hai vo sab galat hai ,kyunki science ki khoj toh kabhi kishi ne ki hee nahi ,vo toh ham hai jisne iski banabat ki hai aur hamari banati ush ishvar ne ki jish per har roj kayi saval uthaye jaate hai ,par mein na toh science ko galat keh raha hun aur na hee apne ishvar par saval utha raha hun ,mein toh bas itna kehna cahhta hun ki vigyaan aur bagvaan ki seema aaj tak tay ki hee nahi gayi hai .

VIII

JOURNEY BEGAN WITH REVENGE

khair aab apne baare mein ajeeb dastan batane vala hun ,kyunki khene ko toh mein ek doctor hun par aaj tak maine kabhi kishi jaan nahi bachai kyunki log mujhe ush cheez ke kabil samjhate hee nahi hai ki mein unhe theek kar saku ,mere hathon mein jo chaar saal ki degree pari hai vo bas ek rakh ke barabaar aur vo ishliye kyunki maine apni degree toh le li hai par ushe istemaal kaiseh karu mujhe aaj tak nahi pata uske baare mein ,jab 15 saal ka tha toh papa ne sath chhod diya , unki yaadeion toh mere aashiyane seh chali gayi par ma ki yaadeion vo aab bhi kaidh hai ,mein ye nahi samajh paya aaj tak ki agar ham kuch baateion jante hai ki ye hone vali ye hame pehle seh kuch baateion pata rehti hai toh ham ushe bachane ke liye ladte nahi hai ,mere papa ne ma ko ishliye chhoda ki vo unhe kuch zyada hee pyar karti thi ,khud ke baare mein sochti nahi thi ,khud ke baare mein usne kabhi kaha nahi ,aur na hee vo unke samne kabhi apni aankheion oonchi karti thi ,par vo ek ladi vo bhi mere liye ,mujhe lekar unhone papa seh kayi baateion kahi jab unhe ye pata chala ki unke pati ka affair kishi dusri aurat seh chal raha hai aur unke do bacche bhi hai ,tab vo ladi vo bhi mere liye ,aur udh din jo ladai hui na ,uske baad papa ne kabhi hame murr ke bhi nahi dekha ,vo bas chale gaye ,mere liye vo ushi din ja chuke thhe ish duniya jish din unhone meri ma ka sath chhod diya ,ush waqt mein sayad 10th standard mein tha aur mere paas paiseh bhi nahi thhe ki mein apne school seh admit card bhi nikal payun ,kyunki meri fees aur overdues mila kar lagbha 20,000 hazar rupaye thhe jo mujhe jama karne thhe ,par ush waqt mere htahon mein do kauri tak nahi thi ,ma ko ye baat pehle seh pata thi ishliye unhone ush waqt mujseh bine puche ek kidney donate kardi ,aur jab ye baateion mujhe pata tab tak kaffi der ho huki thi ,pata hai jab maine apni ma seh baateion puchi ki apne aisha kyun kiya ?apko kisne ye haqq diya ki aap ye karo ?meri ma ne ush waqt haste hue matr kuch sabd kahe ki agar maine pane sareer ke kuch tukde daan hee kiye hai toh vo sirf tere liye ,kyunki tu ish pal ke yaad rakhe ki jab tera bura waqt aaya tha toh tere samne teri ma khadi thi tera baap nahi ,aur mujhe ye vaada kar ki mein rahu cahhe na rahu tere sath tu ek din itna bada insaan banega ki tera baap jo tujhe sabke ke samne chhod gaya hai vhi tere samne aakar tujseh bheek mange ,mein manti hun ki jo talim mein tujhe de rahi vo galat hai par mujhe mere ishavr par bharosha hai aur usse zyad tujhper ,ishliye kabhi haar bhi jayega toh ish din ko yaad karna.

Ush din ke baad maine kabhi bhi apne ateet ko yaad nahi kiya ,kehte hai jab koi insaan sant ho toh ushe kabhi pareshaan matt karo kyunki ushe ush waqt khud nahi pata ki vo kya karega ?mujhe ush waqt khud bhi nahi pata ki jishe raste par mein apni ma ke sath chal vo mujhe aur meri ma ko kha tak lekar jayegi ,mein ush talim ko samjhane ki kosis kar raha tha par mein ush waqt ye bhi mahasoosh kar raha tha ko jish jung suruyaat mein karne vala vo mere apno ke khilaf hee hai ,aur ush waqt mein ye bhi socha rha tha ki kya ye sahi hai ?phir dusre hee pal ma ki jo baateion thi vo yaad aa jati jo unhone mere bhavhisya ke liye mein vo bhulna bhi cahu toh bhul nahi sakta ,ishliye maine tay kar liya tha ki bhale hee hisse mein fateh mile cahhe na mile par mein ush insaan ko bheek mangne par zaroor majboor kar dunga jisne meri ma ki ye halat ki hai .

IX

DESTRUCT THE LEGACY OF BLOOD

9 YEARS AGO ......

26 /10/2019 ,ye koi tareeq nahi hai ,balki ye vo din jishe din mein apne sapne purre karne vala jiski talim mujhe meri ma seh mil hai ,unhone jo bhi mere liye kiya hai mein aaj vo sab kuch unhe saupna cahhta hun aaj bahle hee meri taqdeer mere hisse rahe cahhe na rahe ,mein phir bhi ush fateh ko apne hisse seh dur jaane nahi dunga ,khair aaj mere M.B.B.S ki degree purri honi vali aur mein finaaly aaj ek doctor banne vala hun ,kitna khus hun mein janta mein bas itna janta hun mein ish degre sabe pehle apni ma ko dikhana cahhta hun ,kyunki ish cheez ka asli haqdaar mein nahi hun ,bachapn seh lekar aajtak jish aurat ne mujhe pala hai ,mujhe sahare diye yeh mere dost ki tarah meri madad ki hai vo koi aur nahi balki meri ma hai ,ye sapne bhale hee

maine dekhe par iski har ek kiran meri ma ki wajah seh bani hai ,ma aaj bhi mujhe yehi samjhati hai ki kabhi apni mehnat aur apne struggle ke baare mein kisho ko maat batayo kyunki duniya vo kabhi cheez kabhi dekhna hee nahi cahhti jiski wajah seh tumhare sapne purre hue hai balki vo toh bas ye dekha cahhti hai ki agar koi saksh apne sapne hassil kar chuka hai toh usse madad kaishe maange aur ushe neeche kaishe giraye ,sayad unki baateion juthhi ho sakti hai par mujhe nahi lagta hai ki kuch aisha bhi hai ,kyunki jo mushkilo seh vo gujari hai mere khyal agar unki jagah par koi aur bhi hota toh unki soh bhi kuch ishi tarah seh hoti aur mujhe garv hai ki mujhe sirf meri ma ne pala ,mere baap ne nahi .

khair agar ateet ki baateion karte raha toh sayad mein kabhi apni manjil par pauch hee nahi payunga ,jish din mujhe degree mili thi ush mein bada khush tha aur ma toh itni khush thi ki kya hee batayun ?ush din kuch vaade thhe thhe jo purre karne kuch sapne jo aab bhi adhure thhe ,sabe pehle mein ek ghar lena cahhta tha kyunki mein apni ma ko ush chhote seh lodge mein rehte hue nahi dekha sakta ,unhone mujhe padhane ke liye kya jhela hai ye mein jahir bilkul nahi karne vala ,kyunki unki mehnta mujhe lekar tabhi purri hongi jab mein unke sapne purre karunga ,khair jab maine M.B.B.S ki degree toh muujhe kayi jagah seh offers aaye thhe ,akhir kar ek bright student tha toh ye baat toh lajmi thi ki offers toh aayege ,par mujhe ye bilkul nahi pata tha ki ek hee din mein kam seh kam 56 offers aayege vo bhi ek hee sehar seh ,jab maine ma seh ye baateion kahi toh ush waqt ma ne mujhe bas itna kaha ki tujhe jaha accha lage tu vhi kaam kar ,ush waqt mere maan do cheeze chal rahi thi pehli ye ki jo sapne meri ma ne dekhe hai peh ushe purre karne hai aur dusri ye ki jo vaade maine apne ma ke samne kiye hai ushe bhi toh purra karna hai ,ishliye maine MATHURA ke sabe bade hospital ko chuna ,kyunki mein ush waqt kichi ki parvaah nahi karna cahhta tha ,mujhe ush din bhi mere ma ke aasyun dikha rahe thhe jiski wajah sirf mere baap tha aur maine ush din ye pratigya li thi ki jish wajah seh meri ma ke aankheion mein aaasyun hai mein ush wajah ko sirf mitayunga nahi balki ushe jaad seh ukhar phekuga .

X

BEHIND THE BARS

Ishliye mein apne lakshya ke peeche ushi din seh padd gaya aur ush lakshya ki pechaan mere baap ki tabhai thi jo ki peshe seh toh ek bahut bada business man tha par hamari najron mein vo bhagora tha jishe sirf zindagi mein paisho ki khairat chaiye thi ,aur mein ush waqt ye bhi janta tha ki ek na ek din mein ush bhagore seh zaroor milunga ,ishliye maine FORD CAPITA HOSPITAL ko join kar liya ,medical sector mein itne paishe hai ki ham andaaza bhi nahi laga sakte aur ye baat mujhe pehle seh pata thi ,ishliye maine bachapan seh ishi din ka intezaar kar raha tha aur akhir kar vo din aaj mere samne hai .

waiseh aaj mein kishi ka ilaz karne vala hun jo ek accident case bhi hai par mujhe usse koi fark nahi parta mein bas itna janta hun ki mujhe ishe kishi bhi tarah seh bachana hai aur ghar mein bahut saare paiseh laane hai , khair mujhe nahi lagta ki iski jaan bachne bhi vali hai par mein ek acche doctor ki tarah purri kosis karunga ,bakki toh ush uparvale ke hath mein ,ye kuch baateion hai jo mein ush waqt soch raha tha ,par mujhe kya pata tha ki mein uska ilaz kar hee nahi payunga ,jab mein uske paas gaya vo bhi senior doctor seh baat seh karne ke lite toh unhone mujhe ushi waqt saaf inkaar kar diya aur kuch kaha bhi nahi ,jab maine unse pucha ki aisha kyun toh unhone ush waqt mujhe bas itna kaha ki tum iske layak bann jayo pehle ,matlab ?

mein ush waqt kuch samjah hee nahi pa raha tha ki unhone aisha yun kiya mere sath ,kyunki jo bhi talim mujhe un chaar saalo mein mili thi vo ishe din ke liye mili thi aur aaj jab mein ush cheez ka istemaal karne ja rha tha toh unhone mujseh ye kaha ki tum ish cheez ke layak nahi ho ,mein ush waqt purri tarah seh hairaan tha ,matlab mein samajh nahi pa raha tha ki ye meri kismat kar rahi hai yeh koi insaan ,khair jab unhone mujseh ye kaha ki tum ish cheez ke layka nahi ho toh mein sabse pehle ush trusty ke paas gaya jiska dam par FORD CAPITA HOSPITAL ki building khadi thi ,aur vha jaate hee jo maine dekha vo sayad mein dubara kabhi nahi dekhna cahhta apni zindagi mein ,kyunki jish hospital ke under rehkar mein as a doctor kaam raha tha vo kishi aur ki mehfil nahi balki mere bhagore baap ki thi ,matlab mere baap MANIK PATHAK ki thi ,matlab mein jish insaan ko barbaad karna cahhta hun ,meri kismat mujhe ushi ke samne ek mehboob ki tarah chhod gayi .

INTENSITY OF BLOOD WRAP

Mere jehan mein ush din do baateion bahut acchi tarah seh bas chuki thi pehli ye ki agar kishi cheez ki sifarish khuda ke samne purre mann seh ki gayi hai toh vo cheez sajde mein ek na ek din zaroor kabool hongi aur dusri ye ki karma ek aishi cheez hai jo waqt ke sath hamare hisse mein maujood hoti hai vo bhi ek khuda ki tarah ,mein ush din bhale hee unhe dekh kar kuch apne hisse mein khushyion ki mehfil mahasoosh nahi kar raha tha par jish insaan ko barbaad karne ke liye maine aur meri ma 9 saal gam ke saaye mein gujare thhe vo insaan mere samne tha par ush waqt na ushe ye baat pata thi ki mein uska vhi beta jishe usne bhari mehfil mein ye bolkar chhoda tha ki ye mere khoon nahi hai ,akhir kar vhi insaan aaj uske samne hai par vo kehte hai jab barbaad hisse mein aati hai toh ush waqt ye aapne aane ki khabar kishi ko nahi deti par jab ye jaati hai toh har kishi ko iske barre mein khabar hoti hai ,aur ushi tarah seh jab mein ush insaan ke samne tha jiski wajah seh meri ma har roj roti thi ,ushe ish baat ki bhanak bhi nahi thi mein uski barbaad bann ke ushe kish tarah seh barbaad karunga ?

jab mein manik pathak seh mila toh ush insaan ne aishi fidrat apne hisse mein shammil kar rakhi thi ki koi uski havaniyat cahhe bhi toh pechaan nahi sakta,par ushe ye baat pata nahi thi jiske samne vo apni fidrat ko sareaam diukhane ki kosis kar raha vo uski fidrat ko bahut pehle seh janta hai ki vo kish tarah ka haivaan hai ,maine pehle bhi ye baateion kahi hai ki mein apne ateet ko yaad nahi karna cahhta par mein ush insaan ko kabhi nahi bhulna jiski wajah seh meri ma ke aankheion mein aasyun mein pehli baar aaye thhe .

khair jab maine usse ye baateion ki mujhe operation theatre seh jaane ke liye mere seiors kyun mana kar rahe hai ,toh usne ush waqt mujseh ye kha ki mein tumhe janta hun ki tum kaun ho aur tum yeha kya karne aaye ho ? mein tumhare baare mein bhi janta hun aur tumhari ma ko bhi ,tum jish mehfil mein aaye ho vo mehfil bhi meri hai vha ke log bhi mere hai aur yeha ki deeware bhi meri hee sunti hai ,tumne kya socha tha ki tum mujhe barbaad kar ke chale bhi jayoge aur mujhe ish cheez ki bhanak bhi nahi lagegi ?

EDITION :1

EDITION :1

9 798890 023148

Printed by Libri Plureos GmbH in Hamburg, Germany